KB056139

언제나 언니

박홍점
전라남도 보성에서 태어났다.
서울예술대학 문예창작과를 졸업했다.
2001년 『문학사상』을 통해 시인으로 등단했다.
시집 『차가운 식사』 『피스타치오의 표정』 『언제나 언니』를 썼다.

파란시선 0121 언제나 언니

1판 1쇄 펴낸날 2023년 2월 20일

지은이 박홍점
디자인 최선영
인쇄인 (주)두경 정지오
펴낸이 채상우
펴낸곳 (주)함께하는출판그룹파란
등록번호 제2015-000068호
등록일자 2015년 9월 15일
주소 (10387) 경기도 고양시 일산서구 중앙로 1455 대우시티프라자 B1 202-1호
전화 031-919-4288
팩스 031-919-4287
모바일팩스 0504-441-3439
이메일 bookparan2015@hanmail.net

ⓒ박홍점, 2023, printed in Seoul, Korea

ISBN 979-11-91897-48-7 03810

값 12,000원

언제나 언니

박홍점 시집

시인의 말

덩그러니 주어진 여백이다

저녁도 아니고 낮도 아닌 시간에 도착한다

오래 함께 걸어왔으니 문득 너무 멀다

수평으로 앉아 산란하는 어둠을 바라본다

차례

시인의 말

제1부

제2부

제1부

눈사람

호랑가시나무가 있던 자리
수국이 피던 자리
삐딱하게 빨간 모자 쓰고
입꼬리가 활짝

우체국 갔다 돌아올 때
빙판에 익숙해져 가벼워질 때 만났다
뭉쳐진 여백

선물을 받은 기분
작자 미상의 작품
눈사람이 없다고 겨울이 아닌 것은 아니지만
별안간 반짝이는 하루

어른 곁에 아이 하나 세우려다
이제 학원 가야지, 엄마가 불러 들어갔는지
둥근 눈 뭉치
어디로 튈지 모르는 공이라 할까
태어나다 만 아이 다정하게 세워 두고

안녕이라고 말하면 꽃이 필까?

비탈의 탱자나무는 몇 년째 꽃 피우지 않는다
무슨 빛나는 말을 하려고

너를 떠올리면 유년의 운동장
작고 흰 꽃의 보디가드
또 다른 의미에서 공간의 파수꾼

그러나 가시는 장식이 되어 버린 지 오래
꽃을 피우는 나무의 여행을 멈춘 지 오래

나무가 꽃을 피우는 까닭은 깊은 무료함을 위한 투쟁
그런 의미에서 비탈의 탱자나무는 반칙이다

노란 금구슬의 시간은 오래전 소문
가시는 고요 속의 혼잣말 같은 비명

비명은 뿌리에 닿지 못하고
초록 이파리들 사이에서 겸연쩍다

무슨 일로 몇 년째 침묵이야

지나가던 붉은 입술이 질책하는 소리를 듣는다
너는 더벅머리를 긁적이며 시월의 언덕을 본다

볼 때마다 안녕, 안녕…… 붉은 입술로 안녕!

일요일

—

레일바이크는 색색의 우산 아래 대기 중이다
브레이크의 쓸모는 몇 번이고 강조되었다

의자에 앉아서 훌쩍 키가 자란다
흰 밤꽃의 정수리들은 수북하다
양귀비와 엉겅퀴 옥수수는 속도 밖에서 늠름하다

온통 어둠뿐이어서 불안한 터널은 너무 작위적이다
그럼에도 힘껏 페달을 밟는다
쉬지 않고 달리는 허벅지의 시간

추억을 질료로 건설되었지만
바람은 추억 대신 랩스커트를 부풀린다
슬리퍼는 자꾸만 페달을 이탈한다
예측하지 못한 선택이 빚어 놓은 결과물들

브레이크는 상비약처럼 소외되었고
온통 흘러넘치는 들판의 바람들
스커트를 여미느라 손은 분주하고 발은 자주 페달을
놓친다

—

목이 긴 양귀비꽃들
정수리가 수북한 밤꽃 향기가 슬금슬금 랩스커트 안을
기웃거린다

그것은 우연이었다
지도에 없는 시간

커피공장이 있던 동네

—

매일매일 밥 타는 저녁
온 동네를 점령하던 냄새

피로인가 우울인가 기면인가
그렇지 않고서야 매일 저녁 밥을 태울 수는 없어

연민의 감정이 해바라기만큼 자라서
방향도 모르고 기웃거렸어
낯모르는 사람을 외로운 여자로 규정했어
밥 타는 냄새가 내 방까지 도착했을 때
베란다에서는 벤자민 한 그루가 물색없이 푸르게 자라
고

숨을 토해 내듯 슬리퍼를 끌고 동네 서점에 들렀어
한쪽 무릎을 접고 앉아야 겨우 제목을 읽을 수 있었던
외롭고 높고 쓸쓸한, 빗방울에 대한 추억
페이지를 뒤적이면서 문지방을 넘을 수 있겠다는
희망과 위로를 채굴했어

—

나중에 알았어

집 앞에 커피공장이 있었다는 것을
가까스로 두 권의 시집을 샀고
밥 타는 냄새 아니 볶은 커피 향기 펄럭이던 동네

구름 관찰하기 고구마 줄기로 손가락 색칠하기
골방에서 여행하기 거울 들여다보기는 그렇게 시작되
었어
커피 향이 우울을 밀었다가 당겼다가 다시 밀던
효성동

•외롭고 높고 쓸쓸한: 안도현의 시집 제목.
•빗방울에 대한 추억: 김형수의 시집 제목.

언제나 언니

—

그는 언제나 집안의 홍 반장
동생이 여섯

베틀에 앉아 뚝딱뚝딱 베를 짜고
동생들 머리를 감겨 주고 묶어 주고
아모레 화장품 가방을 들고 골골이 찾아다닐 때
그의 어깨는 오른쪽으로 기울고

오만 원짜리 지폐를 택시 창밖으로 내던지고
어린 조카 미미의 집 커튼을 달고

사계절이 있듯 사랑은 움직이는 거야
네 번의 쉼표와 네 번의 마침표
그는 과연 누굴 사랑했을까
미끈한 다리로 미니스커트를 입고
용두산 엘레지를 익숙하게 부르고

그는 언제나 집안의 홍 반장
사랑하는 조카가 열여섯
이제는 돌아와 6인실 요양병원 침상에 누웠다

—

집안의 역사였던 그가 창밖 단풍나무 쪽으로 돌아눕는다
가을비는 연거푸 한낮의 길을 지우고
앞차의 전조등을 지운다

창문은 권태를 모른다

눈이 내리는 아침에 창문은 거만하다
뒤이어 허공을 밟고 올라오는 생각의 싹들

눈은 상상력의 고전이다
읽을 때마다 새롭다

펄럭이며 내리는 눈은 언제나 첫눈이다
첫눈을 위한 약속은 여전히 열지 못한 페이지

도시 한복판에 우체국
만나기로 한 얼굴은 생각나지 않고 장소만 남아 복원
되는 약속들

페이지는 꿈틀거린다
기억은 능동적이다
두 손 모은 씨앗 위로 쉬지 않고 눈이 쌓인다

바탕이 되는 창문은 분주하다
창문은 빛난다
런웨이를 걷는 걸음들

눈송이들은 밀려왔다가 달아나고 다시 허공을 걷는다 ——

제대로 된 혁명을 읽는 동안

검은 뿔테안경 속 눈은 잠잠했다
교탁 모서리를 꼭 붙잡고 서서
한 줄 한 줄 더듬듯 읽어 내려가는 시

사물함 빗자루 대걸레도 숨죽이고
교실 안 부유하는 먼지들도 움직임을 멈추고
창밖 주먹장미들도 숨을 참는다

여러분, 오늘 수업은 여기에서 끝낼게요
급히 갈 곳이 있어요
그때 우리 모두는 입이 없었고
단호한 그의 뒷모습을 앉아서 배웅할 뿐

다음 해 졸업을 할 때까지
검은 뿔테안경은 학교에 돌아오지 않았다
시 한 편으로 시작해
시 한 편으로 끝났던
검은 뿔테안경의 마지막 수업

획일을 추구하는 혁명은 하지 마라

혁명은 우리의 산술적 평균을 깨는 결단이어야 한다
졸업 후에도 문득문득 돌아가는 그날의 교실
다시 듣는, 다시 읽는 구절들

•제대로 된 혁명, 획일을 추구하는 혁명은 하지 마라, 혁명은 우리의 산
술적 평균을 깨는 결단이어야 한다: D. H. 로렌스의 시.

주먹장미가 필 때 소년은 온다

쉬는 시간이면 복도 끝에서 끝을 향해 뛰던
그러면서도 눈이 밝아
한 옥타브 올려 내 동생을 불러 주던
햇살 같은 소년

뒷발질이나 한번 했을지도 모를 일
남을 웃기면서 함께 웃는 게 꿈이라고 했다
그러나 거리는 웃음을 꺼낼 수 없게 했고
별안간 피 흘리는 보통의 어깨와 골목에서 마주쳤다
돌아오지 못한 사람들의 소식이 횡횡했다

딸 다섯을 낳고 늙은 무릎으로
촛불로 빌어서 낳은
제 부모의 유일한 아들

17세, 주말이면 반찬이나 용돈을 받으려고
덜컹거리는 버스에 몸을 싣던 어린 자취생

총탄이 소년을 가격했다는 소식을 들었을 때
먼저 떠오른 것은 노부부의 닳아 버린 무릎과 굽은 등

광장의 시신들을 뒤적였을 애타는 손
차마 울지도 이름 부르지도 못했을
제 어미의 자식

오월이면 머리를 긁적이며 온다
―종면이 친구 행렬이에요

SPICY SEAFOOD PHO

모르는 얼굴이 그리운 날이 있다
알아들을 수 없는 말이 듣고 싶을 때가 있다

주문한 음식이 나왔다
음식이라기보다는 불맛
후회는 언제나 철판 위에서 익어 가는 닭갈비 같은 것
잘못 들어선 길도 길이니 내처 가기로 한다

국수 가닥을 수저에 올려 입으로 가져갈 때 숟가락 위 국
수를 허공에 날릴 뻔했다
혀에 닿기도 전에 뚫고 들어오는 불맛
쌀국수 한 숟가락이 물 반 컵을 동반한다
모자가 벗겨지고 머플러가 풀린다
주먹을 꽉 쥔다
어젯밤 꿈이 생각났다 돌아가신 어머니와 쌍으로 홀대
받는 꿈
울었던가 화가 났던가

새삼스럽게 의자는 가파르고 모서리의 식탁은 까칠했다
국수를 먹으러 온 건지 생수를 마시러 온 건지

별안간 몸에 익은 동선이 그리웠다
익숙한 식탁과 익숙한 주방이 혈육처럼 생각났다

자꾸 식은땀이 흘렀고 어지러웠다
알아들을 수 있는
물어봐 주는 말이 그리웠다

운동화는 유쾌하다

먼 길 가는 지하철 안에서 운동화는 반 의자다
허겁지겁 엉덩이를 들이밀지 않아도 되는 오늘의 포즈

내 어머니 말로는 찰밥 먹은 속
별안간 찰밥과 운동화가 만나 피식 웃는다

만기가 다가오는 적금을 생각한다
길이 모짜렐라 치즈처럼 죽죽 늘어난다

돌아볼 수 있는 한 템포의 호흡을 만지작거린다
청춘도 제 나이만큼의 무게와 허기가 있다

어머니는 먼 길 떠날 때 잡곡 넣은 찰밥을 먹이곤 했다
쉬지 않고 비가 내려도 젖지 않는 가로등이 있다

세 자매

함께 있으니 어디든 꽃밭이다

옹알이하며 처음 잡았던 손

아버지의 꽃밭은 비옥했다

약속이나 한 듯 한 아름 안개꽃 화관을 썼다

흰 손바닥들이 하염없이 내렸다

허공의 전선들이 어두워졌다
예고 없이 내린 눈이 별안간 찾아온 뜨거움처럼 허벅지
를 삼켰다

다녀온다는 아침 인사는 발랄했는데
뉴스로 그의 실종을 들었다
모든 길을 눈이 막아 버렸다는 것이다
모든 선을 삼켰다는 것이다

허기도 잊은 채
어린 두 아이를 데리고 몹쓸 상상을 하며 하룻밤이 지나
갔다
아침이 밝고 오후가 되자 그에게서 연락이 왔다
어찌어찌 사무실로 들어갔다는 소식

폭설이 인적 뜸한 가게의 유통기한 지난 컵라면을 소
진했단다
승용차 뒷좌석에 대봉투를 깔고 볼일을 봤다고 했다
먼지 수북한 선반의 유일한 담배 한 갑을 샀다고
복권 당첨이라도 된 것처럼 목소리가 높아진다

부드럽고 희고 풍만한 겹겹의 육체

그토록 안온한 육체는 처음이라며 꿈꾸듯 말한다

이곳에서는 서성이는 불안인데 저곳에서는 부풀어 오르
는 일탈

모든 선들이 끊어졌는데 그는 완벽하게 충전되었다

그는 산 사람 나는 죽은 사람이었다

센베이 속 생강은 술수다 알면서도 생강센베이를 먹는다

문자가 온다
연락드릴 때까지 전화 금지요
이런,
니스 칠한 장판 위에서 미끄러질 놈

일 년에 한 번 번쩍 웃는 사내의 미소는 번개다
들판의 새 떼가 날아오른다

제발 너무 엎어지지 말아요
그 말은 안 했을 것이다

미친년이야, 미친년
옆에 아무도 없으니 욕은 내가 듣는다

치명적
자극적
낯선 것을 향한 충혈에 물총을 쏜다
아프다
더 아프다

남다른 의식으로 탁월한 창의력
어떤 문장은 까맣게 잊은 채찍이다

내일모레가 뇌수술이니 삼계탕 먹으러 가요
그는 배가 고프지 않았고 나는 오래 울었다

별안간 쏟아진 폭설이 보내는 영감은 풍만한 육체다
풍만한 육체는 질투다

겨우내 무겁던 제라늄은 손잡고 왔다
딱쟁이 밀어내고 두 송이가 핀다

푸른차산성으로 가는 길

　모두가 잠든 밤 양 한 마리 양 두 마리······

　푸른차산성으로 봄나들이를 간다 챙 넓은 해바라기를
쓰고, 나이를 거꾸로 먹나 봐 들뜬 화장은 이제 마흔 살
이다

　십 센티 킬힐 신고 도시락 따위는 필요 없다 입만 있으
면 그뿐 살이 오르는 봄 햇살만 있으면 그뿐 손에 손을 맞
잡은 청춘들이 있고, 노래 속에만 있던 꽃 대궐 들뜬 화
장이랑 나는 도란도란 꽃길 베어 먹으며 꽃 속으로 걸어
들어간다

　(탯줄에 입을 대고 빨던 그때가 아니고서는 한 번도 함
께 걸어 본 적이 없어 말 안 듣는 아이처럼 신발 속에서 자
꾸만 발가락이 튕겨져 나오곤 했지)

　들뜬 화장은 이제 마흔 살 킬힐을 신고 백 리쯤 걸어도
끄떡없는, 꽃들 만국기처럼 펄럭이고, 오른쪽엔 푸른차
산성의 돌담이, 왼쪽엔 봉분 같은 지붕들 마을을 이루고

주름과 고요는 꿈을 사이에 두고 뼈와 살은 길을 사이에 두고 봉분들이 부풀어 오르는 봄빛을 받아먹고 배가 부른 날

들뜬 화장과 나는 자매처럼 친구처럼, 어느 순간 얼굴은 사라지고 목소리만 들린다

비로소 당신의 말들이 들린다 청산 가루도 먼저 먹어 보던 리트머스 시험지, 당신 모습이 보이기 시작한다

제2부

안식일

처음 안았던 그날처럼
알몸의 흰 강이 검은 강의 알몸을 안고 양수 속으로

비로소 발화되는
"엄마"
34년이라는 벽을 허문다

흰 강이 검은 강에게 젖을 먹이듯 양수를 먹인다
얼굴부터 지그시 누른다

강가에 잘 건조된 불길은 혀를 날름거린다
강물이 펼치는 한바탕 무대

단단히 깍지 낀 뿌리들은 언덕에 있다
흰 강과 검은 강은 두 그루 나무의 같은 이름이다

장미의 연대

오월의 덩굴장미는 봄에게 씌우는 왕관이다
맥락 없이 끊어졌다 이어지는 문장들처럼 매혹적이다

고요이면서 한편으로 소란하다
언제나 욕망을 건드린다
꺾고 싶은 훔치고 싶은
누군가를 부르고 싶은

장미를 건네는 것은 전부를 내주는 것
지팡이의 손에서도 장미는 기우뚱거리며 핀다
공동의 장미를 훔치고도 노인은 뻔뻔하다
몸은 낡아도 사랑은 붉다고 주장한다

도서관 왼편 담장은 장미의 바탕이다
장미는 슬몃 책의 제목만을 훑는다

겨울눈의 대척점에는 붉은 장미가 있다

처음의 장미
언제나 유일한 눈 맞춤

뛰는 장미를 좇아 나도 뛴다
뛰는 장미가 모퉁이를 돌 때 힘껏 달린다
장미를 생각하면 이겨 낼 수 있는 언덕
참을 수 있는 의자

나는 아직 알량한 일탈을 넘어서지 못한다
울타리 안에서
어둠이 날개를 펴는 골목에서 장미는 혼자 심심하다

우리는 늘 이별이다

장날이면 어김없이 마루로 걸어 나온 주판알들 달빛은 진저리를 쳤지만 아무도 말릴 수 없다 매일 달력 뒷면에 농사 일기를 쓰지만 당신은 논과 밭을 사고 등기를 외면했지

삼십 년 전에 행성으로 돌아간 당신을 복원해야 한다 그리하여 뒹구는 조각들의 송가

당신과 스무 해 전에 죽은 막내딸의 사망신고는 같은 날 같은 장소에서 이루어졌으니 슬픔을 어디에 둬야 할지 몰라 어리둥절

"내 손으로 자식의 사망신고를 할 수는 없지" 단호한 침묵은 슬픔마저 전가시키고

까마득한 슬픔이 오래된 이름을 불러낸다 유종의 미를 거두라고 종미, 저 깊이 넣어 둔, 지난 생의 일처럼 아득한 이름 너의 꽃신과 하늘색 원피스를 매만지며 우리는 다시 운다 직무 유기의 이면에는 늘 당신의 셈법이 있다

입을 꾹 다물고 오래 씹는 뼈째 먹는 생선이 취향이었
던 당신은 단단한 땅에 고인 물 침묵 숭배자 눈을 감고 먼
곳을 응시하던 겉으로는 온몸으로 소나기를 맞던 들판의
허수아비

종미는 어엿한 숙녀가 되어 긴 생머리 찰랑거리고 하
이, 언니 오빠들! 이제 우리 정말로 이별하는 거야 면사무
소 마당까지 걸어 나와 손 흔든다 늘 소리 없이 치밀한 당
신에겐 다 생각이 있었다 그리하여 또다시 이별이다

복수초의 격려

어떤 기억은 섬광이다
물먹은 화초처럼 일으켜 세운다
처진 어깨의 깃을 세운다

아버지는 나한테 남성을 물려주지 않았다
아버지의 의도는 아니었을 것이다
아버지의 아버지에게 물려받은 숨찬 나약함

어릴 적 듣던 할머니의 탄식
소란스러웠던 할아버지의 바깥방들

뒤척이는 생살의 밤을 건널 때 기억은 빛이다
고개 끄덕이는 자명함이다
혹시나 하고 떠돌았을 할아버지의 욕망과 허방을 본다
어둠 속에서 가까스로 채굴하는 섬광

할아버지는 깨알 같은 낮과 밤을 지나 천신만고 끝에
열매 하나 맺었다
열매 없는 외방(外房)들은 겉으로는 언제나 벼락을 피한
무용담

할아버지는 아들이 하나
아버지는 겨우 나를 낳았으니
빛이 나를 위로한다

나는 엉겁결에 릴레이의 불씨를 받았다
달린다 불씨를 꽉 쥐고 발에 걸리는 혹한을 달린다

공지 사항

—

내가 아직 살아 있다는 것을
그리고 곧 죽을 거라는 것을
어린 나를 두고 왜 떠났느냐고 묻는 게 아니야

다시 생각해 보니 부채감을 내려놓아도 좋다는 말

하루는 당신과 식사를 하고
하루는 당신과 차를 마시고
강에서 경주하듯 수영을 하고
펄펄 끓는 이마로 업혀 병원에 가고
나란히 서서 브이를 그리며 웃어 보고 싶었어

하루나 이틀이면 충분한 일들을 한 장 한 장 분절시켜서
내 허기의 마침표를 찍고 싶었어

그러니 자꾸 질문하지 마
동정심의 유도가 아니라 이것은 팩트야
나에게는 시간이 없어
질책 미움 사랑이 아닌 유효기간 짧은
당신한테 보내는 나의 알림장이야

이따금 창가에서 멍했던 눈빛을 거두어도 좋아
놓고 간 향기 따위는 나한테 아무 쓸모가 없어
펄펄 날아가 버려, 당신

일요일의 병

매일 나는 창가에 앉아 당신을 기다렸다
아홉 살에는 당신과 회전목마를 타 보고 싶었다
열 살에는 품에 안겨 구역질 나도록 눈썰매를

첫 생리대는 당신이 사 줬으면
스무 살에는 헤로인을 마시고 당신을 애태우고 싶었다

길 끝에는 당신이 있어야 한다
탄생의 순간이 그랬던 것처럼

시간의 태엽을 감아 보지만 어디서 본 듯한 풍경
잘 만들어진 꽃잎처럼 영혼이 없다

꽃은 나의 취향이 아니다
내년 봄 정원에 꽃이 피기는 할까
봄은 나에게 오지 않을 계절이다

누구든지 휴식은 필요해
겨울 강가 모닥불은 건조하다
툭툭 부러지며 허공을 타고 오른다

나의 일상에는 음악이 없다
이따금 거짓말이 있을 뿐이다

숨어서 당신을 찍는다
내가 없는 세상에 나를 남긴다

●일요일의 병: 라몬 살라자르의 영화.

폴라로이드

세발자전거를 민다 사방으로 피는 아마릴리스에 물을 준다 서향으로 창이 난 테라스에서 이십 년 만에 걸려 온 전화를 받는다 무심코 쳐다본 저녁 하늘에 눈이 멎고 앞으로 옆으로 흘러가는 구름을 본다

구름 속의 집 집의 입구엔 탐스런 수국이 피고 누가 수국의 봉오리를 다섯 개 손가락을 구부려 살그머니 잡듯 감싸더니 놓고 간다

엄마가 밥을 짓다 말고 생각난 듯 나를 찾으러 다닌다 슬비야, 슬비야 앞치마에 손을 닦으며 어린 나를 찾아 골목을 달린다

무지외반증 엄마의 발이 흰 고무신 안에서 자꾸만 튕겨진다

가을 저녁은 다시는 못 꿀 꿈만 같아 집에 돌아가는 것도 잊어버리고 한없이 발이 빠져 화들짝 놀라 몰려오는 소나기처럼 늦었구나, 벗은 신발을 들고 급히 온다

작은 귀를 팔랑여 보니 엄마가 타박타박 또 날 부르는 소리 엄마, 엄마, 엄마를 부르는 나의 대답은 볼이 솜사탕 같은 새색시 엄마에게 닿지 못하고 어쩌다 먼 곳까지 놀러 나왔을까

여기야, 여기야 아무리 소리 질러도 닿을 수 없는 먼, 먼, 곳 내 눈동자는 구름 속에 있고 동 동 발을 구를 때 마당을 거닐던 거위들이 느릿느릿 제집으로 걸어 들어간다 까무룩 마당 앞 감나무에 기대어 어둠의 품에 안긴다

십이월

—

타오르던 붉음을 기억해 줘
어제의 비와 바람으로 나무 계단은 화폭이다
육체는 떠나고 영혼으로 남은 단풍잎들

오백 장의 음반과 수백 권 책들의 맞절
음반이 고개를 좀 더 깊이 숙였다고 수군거렸다

숨차게 계단을 오르느라 유보된 내일들
함께 쌓아 올린 사물의 탑들
메모들 설명서들 누설된 비밀번호들
책갈피 안에서 여전히 선명한 영수증들
시간의 서랍을 열자 와락 쏟아진다

턱없이 모자란 결단의 손가락들

더 이상 설레지 않을 문장들을 입구에 쌓아 둔다
존중했던 음악들과 존중받았던 문장들은 완강하게 대
치 중이다

— 힘센 태양이 손가락 베어 물고

눈두덩이 베어 물어
아침이면 몽땅몽땅 작아지는 가지들

궁색한 나무 뒤에 나의 태양을 숨긴다
머리카락을 커튼처럼 내리고 앉아 너의 태양을 밀어낸
다

클레멘타인

一

뛸 때면 젖가슴이 출렁이던 여자아이를 안고 살았다

학교를 파한 아이들이
힘껏 돌을 던지고도 내달리지 않았다

터진 입술에 피가 맺히고
아주 가끔씩 여자아이는 걷어차인 강아지처럼
끙끙거렸다

논 사이로 난 길 하나
온전히 모녀의 것

오른손은 가위질을 하려다 멈추어 버린 듯
허공을 향해 브이를 그린 듯
그리다 만 나리꽃이나 개망초 별이었던가

소록도 약이나 디포리를 이고 온 여자들이 뉘 집 사내
는 두 여자 사이에서 잠을 잔다지 언니를 밀어내고 형부
의 아내가 되어 버린 여자 숯을 굽는 아름드리 골 깊은 산
속 아직도 호랑이가 사람을 물어 간다는 전설 같은 이야

一

기를 간혹 풀어놓고 갔다

　마당엔 키 큰 은행나무 한 그루
　밤이면 댓잎들이 서로 몸을 부비며 집을 감쌌다

　외딴집이 외딴집을 껴안고 꾸벅꾸벅
　한 개 불빛이 강 건너 수십 호 불빛을 바라보았다

●소록도 약: 소록도 나병 환자들이 먹던 약.

몸이 가장 가벼울 때

목부가 사슴 목장의 울타리를 밀어 보고 당겨 보고 손을
턴다
그의 뒷모습은 안심

만수시장 아이온안경점 앞
흰 손가락이 배꼽 선명한 귤을 고른다

어머니는 눈이 허리까지 내린다는 마을에 참깨를 팔러
가셨다
아버지는 삼거리 꽃무늬 스카프를 불러 진한 농담을 홀
짝이고

빨간 프라이드가 39킬로그램을 태우고 달린다
울렁거림은 까만 비닐봉지에 담긴다
내 안의 네가 세상과 만나는 첫 웅얼거림 같은 것
인사 같은 것

빨간 프라이드 검은 바퀴의 힘으로
꿀꽈배기의 달콤함으로
구절양장 라면의 힘으로

만수동 버스 종점 좌회전 우회전 돌고 돌아
나무 계단 위 다락방의 배려로

짙은 안개 속에서
목부가 사슴 목장의 울타리를 손보고 갔다

하품을 받는 오후

그런데 또 꽃이 폈다
길고 깊은 하품이다
하품 속에서 딸려 나오는 봄

컴컴한 목구멍은 얼마나 간지러웠을까
하품을 할 때마다 꽃은 핀다

동서남북 돌며 절하는 노파처럼
네 송이가 엉덩이를 맞대고 핀다
그것은 아마릴리스
향기가 없어 유독 붉었던 걸까
붉다 못해 검다

그의 다른 이름은 열정이란다
그 말이 있었다
발뒤꿈치 각질을 떼느라
주문한 마스크를 기다리느라
저녁 식탁에는 또 어떤 바다를 내놓을까
지워진 눈썹을 그리느라
열정이란 말은 하얗게 지워졌는데

겨우내 입 다문 목구멍을 열어
하품이 하품을 받는다

보리수 열매가 호명하는 풍경들

말차마카롱이 커피를 마신다
등받이가 없는 의자는 카페의 시간을 단축한다

담장 곁에 초록으로 무심히 서 있다가
새빨간 열매를 맺어 불쑥 모습을 드러내던
햇살 쏟아지는 한낮의 맑고 빨간

파리 한가운데 넘쳐흐르던 화장실 냄새와 쓰레기통의 휴
지들
커다란 쇼핑백을 들고 길게 늘어선 중국인 관광객들
가이드는 그들을 엄청난 큰손이라고 칭했다

쁘랭땅백화점 지하 쥬얼리 코너
큰손들의 이면에서 해후한 한 쌍의 미소한 귀걸이

우울한 날엔
한 그루 보리수나무가 된다
찢어진 청바지가 딸려 나온다
기차를 탄다
벌써 도착해 버린 가을의 쉼표

귀를 덮는 머리카락 뒤의 숨바꼭질
그것은 여행의 은유
일탈과 도발의 다른 이름
다시 꿈꿀 수 없는 같은 꿈
큰손에 저항하는 나의 깃발

밤골

밤꽃은 긴 송충이다
식물에서 풍기는 동물의 냄새

지난밤 센바람이 불었나 보다
먼 곳까지 마중 나가던 밤꽃 향기가 엷다

강아지라도 빌려 걷고 싶은 길
그리운 얼굴들은 모두 길 위에 있다
눈동자는 허공에서 깊어진다

사라진 향기는 또 어느 외로운 처마를 기웃거릴까
피붙이를 버리고 꽃피운 사랑도 오래가지는 않았다

길은 젖어 있다
먼지가 나지 않을 만큼
미끄럽지 않을 만큼

산책의 정점에는 늘 남산이 있다
남산은 모르겠지만 오늘도 멀리 남산을 바라본다

바람 불 때만 떨어진다는 밤꽃
밤꽃물에 발 담그는 사람은 밤꽃을 줍는 지극한 마음
을 알까

펄럭이는 바람이 지나간 비탈
사랑이 습관이 되어 버린 손놀림이 바쁘다

엄마의 탄생

—

떼로 몰려온 연어들
푸릇한 새싹들

영하 7도라고 말하는 순간 몰려오는 한기
미처 준비하지 못한 미소된장국
엄마는 난방을 올린다

아침 식탁에서 털조끼를 걸치고 포수가 된 엄마

언제나 엄마는 속으로 먼저 춥다
먼저 배고프고
먼저 짜고
오래 걸어 봐서 먼저 아프다

김 오르는 흰밥이 생연어를 데운다
새싹의 웃자란 키가 입속에서 겨우 구겨진다

오늘은 영하 7도
연어가 와서 체감온도는 영하 10도

—

쿠스미 티, 쿠스미 티
기브미 티, 기브미 티

유방이 없어도
아이를 낳은 적 없어도
밥을 차려 주는 사람은 언제나 엄마다

영랑호에서

—

바위가 그물을 입었다
호박 덩굴이 걸려든다
덩굴이 걸려들자 간지러워 못 참겠다는 듯
노란 호박꽃들 다투어 핀다

꿈속 피붙이 만나듯 그 길로 산책 나간다
원고지 같은 그물 입고 있는 바위에 걸려든 것
그물을 잡고 기어오르는 덩굴손에 걸려든 것

귀청을 찢는 매미 울음 멎고 매미들 다 어디 갔나 궁금
할 즈음
덩굴손 한창일 땐 보이지 않던
가파른 벼랑 끝 칸과 칸 사이 커다란 적멸보궁 한 채

붕붕거리는 입들이 드나들던 꽃 한 송이 적멸보궁이 될
때까지
바위의 정수리는 또 얼마나 간지러웠을까
무수한 내일의 꽃들
펼쳐질 수많은 웃음과 염원들
절벽 위에 있다

—

벽

생산을 끝냈으니 방이 아니고 무덤이다
시간이 흘러도 무덤은 줄지 않는다

펜던트톱은 언제나 앞면을 지향한다

벽이 앞으로 구부러진다

때때로 나는 머플러의 매듭을 뒤로 묶는다
깍지 낀 손가락을 뒤통수에 대고 하늘을 본다

반삭의 뒤통수에 안경을 걸치고 매일 출근하는 사내는
나보다 프로다

─미안하다 난 네 생각을 못 했다
벽시계가 부르르 떨며 턴테이블 위로 쏟아진다

제3부

석류

웃음 가득한 방

그라나다의 거리를 불러낸다

두 팔이 생략된 청색 원피스를 불러온다

이국의 도시에서 별안간 너와 나는 혈맹을 맺고

너는 쏟아질 것 같은 치아를 드러내 놓고 곧잘 웃는다

네 삶에서 한 줄도 유용하지 않은 시나 소설 속 문장들

쉽게 열광하지만 내일이면 잊어버리는 사람과 풍경들

오늘은 사랑했지만 내일은 잘 모르겠다는 표정

너의 민낯은 수인사보다 먼저 붉다

눈을 붙일 수 없어 벌판

———

탱자나무 울타리를 지날 때 슬그머니 날개가 돋아난다 안녕이라는 말도 없이 떠나온 벌판 일종의 금단증세 출입구 비밀번호는 표정을 바꾸지 않고 손 내민다

텅 빈 휴일 물티슈를 뽑아 남아 있는 출렁임과 마우스의 지문을 닦는다 괜스레 열어 보는 냉장고 환하다 쉬지 않고 환하다 삼 년 만에 한 번씩 실시되는 정기 점검 그때 겨우 몇 시간 눈을 붙였을까?

까만 화병 속에서 흰 실뿌리들 밀어내며 키를 키운다 금전수라는 이름은 속이 훤히 들여다보이는 명명이다 물 몇 방울이 책상 위에 떨어진다 떨어진 물방울이 한 번 더 투명을 닦는다

책상 아래 슬리퍼는 깜깜하다 폭포처럼 빠르고 거세었던 날들 한 번도 퇴근하지 못했던 어리석은 열정들, 어림잡아 이천이백스무 날 감정을 돌보고 표정을 살피느라 잠 못 들었던 페이지들 가파른 밤들

———

숲으로 가는 길 마사토 위에 혹은 팔 차선 횡단보도 앞

에서 늦은 사직서를 쓴다 지금은 창밖 무성했던 플라타너
스 이파리들이 둥글어지며 습기를 날리는 중 영근 씨앗들
은 도움닫기를 한다 몸에게 미농지처럼 얇았던 감정에게
맹세 같은 것을 한다

자작나무는 늘 혼자 있는 기분이다

입주하는 날 여자는 눈물을 글썽였다
파란 화분 속에서 제라늄은 붉은 물결로 출렁였다
거처 이상이야
내게는 하늘이고 땅이고 뿌리야

이 집은,
집이라는 말에 그녀는 힘을 주었다
부르튼 발로
저녁의 이슬을 빚어 지은 처음의 집이야

재혼을 하고
살던 집을 세 내어 주고 지방으로 이사를 가서는
택시 기사한테 슈퍼 주인에게 미용실 원장한테
태풍이 불어도 끄떡없는
서울에 아파트 있는 여자로 자신을 소개했다

밥을 사고 커피를 사고 과일을 고를 때 아파트는 불쑥불
쑥 출몰한다
목소리는 언제나 쇳덩어리처럼 쩌렁하고
한층 견고해지는 집

그러나 쇳덩이에도 녹이 스는 법
볼트와 너트가 어긋나고 파경이 왔다

집은 자주 혼자여서
자꾸만 눅눅해서 병이 들었고
집은 넘어갔다

그녀는 자주 말한다
더욱 혼자가 된 기분이야
쩌렁하던 목소리는 흔적도 없다
그녀는 오래전부터 혼자였는데

2.5센티미터 허공을 확보했다

의사가 새끼발가락을 열었다
쌓이고 쌓인 부질없는 인내가 발굴되었다

어금니만큼의 단단함
이름을 물어보며 깨물던 초석잠의 식탁
할머니의 몸에서 나왔다는 사리가 소환되었다

통증을 지우려다가 상처가 덧났다
뜀박질을 잊은 지 오래다
느림과 긍정 순응은 같은 종족이다

상처 난 곁가지 하나가 나무의 몸통을 비튼다
혼자 있을 때면 덜컹 내게 몸을 부린다

허공을 유지하려고 발뒤꿈치부터 내민다

하루에 팔 킬로미터를 걸어서 구 년을 마감했다
밤하늘 별만큼 많은 골목을 탐닉했다
허벅지의 언덕을 지향했고
내려올 때는 어김없이 실종되는 발뒤꿈치

호기심 많은 길과 바람과 청보리밭은 오래된 취향이다 —

스틸 라이프

—

어머니가 석 달 열흘을 앓았다
일곱 남매가 사방에 흩어져 산다
누구는 협심증
누구는 한평생 보청기에서 살고
누구는 오늘도 알부민을 일용할 양식으로
누구는 아예 늙은 어머니는 꼴도 보기 싫어
먼저 눈꺼풀 닫아 버리고
누구는 인류의 평화와 소외된 이웃을 위해 광장에서 산
다
나는 실뜨기나 공기놀이 밤새워 걸어 보기 같은 놀이 중
이다

자식을 낳으시려면
영원한 백수 혹은 무쇠나 강철을 낳을 일이지
석 달 열흘 어머니는 앓고

나는 서둘러 뒤늦은 전보를 친다
처음이자 마지막으로
—이제 모두 마음들 놓으세요
생업에 열중하세요—

그날 혼자 사시던 어머니 집

구급차가 소리도 없이 빠져나가고

무심코 내다본 창밖

저희끼리 손잡고 담쟁이덩굴 뻗어 가는 담 아래

몇 개 질그릇 앞에

바람에 흔들리는 붓꽃나무 곁에

시집간 조카, 먼저 눈꺼풀 닫아 내린 오빠까지 왔다

일제히 어머니를 향해

주목!

저마다 성장을 하고 환하게 서 있다

바람이 자꾸만 붓꽃의 허리께를 잡아 흔든다

내일의 노래

들판의 건들거리는 바람이 말해 버린 빛나는 말들
나는 찌꺼기를 뒤적이며 책상 앞에서 뒤척이지 않을 거
야

듣지 못하는 사내는 한 문장도 남기지 못하고
레테의 강을 건넜고
울어 줄 피붙이 하나 없지만 누가 그의 삶을 하찮다고
말할 수 있을까

눈 어두워지고
눈동자 움직일 때마다 먼저 날아오르는 검은 나비 떼들

책장을 덮고 거리를 걷는다
태양은 뜨겁고 아스팔트 위에서 녹아내리는 밀랍 같은
표정들

복권이 당첨되면 귀 없는 사내에게 루거 총을 사 줘야지
루드베키아를 등지고 앉은 공원의 노인들에게
카파도키아로 떠나는 열기구를 선물해야지
카페를 열어 당첨금이 소진될 때까지 냉커피를 팔아

야지

어차피 남은 자들에게 내일은 덤이야

TV에서는 발뒤꿈치부터 내밀며 걸으라 한다
젊어지라고 한다

출근길 달려오는 열차를 향해 뛸 필요는 없다
닫히려는 승강기의 열림 버튼을 누를 필요도 없다
소중한 사람들이 왜 멀어져 갔는지 알 것 같다
그런 의미에서
탁자 위 번들거리는 케이크는 내가 먹기로 한다

경화

하이힐처럼 날렵했던 턱
공동 우물 앞에서 눈이 마주친 엉거주춤

보성군 복내면과 부산시 당감동은
상도동에서 캘리포니아만큼이나 먼 거리

방학이라 놀러 왔어
응 나는 남자랑 길 끝 쪽방에서 동거 중이야
함께 신발공장에 다녀
경화는 망설임이 없었고 좀 더 예뻐 보였다
아니 훌쩍 자란 나무 같았다

그렇게 기억 속 당감동은 쪽방의 어린 연인들
비탈 위 물통들의 공동 우물
호호 불며 늘어진 셔츠를 끌어 내려 손등을 덮던 긴 줄
서기

신발을 들고 뛰던 계주 선수 경화는
보성에서 부산 당감동까지 얼마나 달렸을까?

물통을 들고 발걸음을 옮길 때마다

입김과 입김이 만나 금방 흩어지는 비탈은 조금 더 뻬딱해졌다

나팔꽃의 개화

눈이 성모병원 마당에 안개꽃으로 흩날릴 때 너는 피어
나는 하품으로 벙글어지는 나팔꽃으로 왔다

고모할머니 이모할머니 외숙모 외삼촌 나팔꽃 소식은
울려 퍼져서 문은 열렸다 닫히고, 닫혔다 닫히고 덩굴이
덩굴을 끌고 왔다

너는 한가운데 우뚝 누워서 쨍하고 피어 방 안 공기를
데우고 심심하면 자랑인 듯 하품이나 기지개를 선보이고
백합 조개 같은 입을 벌렸다 오므렸다

둘러앉은 덩굴손들의 숨이 네 입속으로 섞여 들고 잠
깐 시든 일상을 흔들어 놓던 날들, 창문이 높아 위풍이 센
방에서 꽃의 개화를 처음이나 본 듯 이구동성으로 비말을
섞던 일월의 지지대

안부

모든 씨앗에 독이 있다는 말이 칼을 들게 했다
사선 하나를 엄지손가락 끝에 새로 얻었다
젖은 땅을 뚫고 나오는 지렁이처럼
붉은 핏방울이 꿈틀거리며 떨어진다
생각할수록 혼자 아프다
한낱 잘 마른 대추 씨를 빼내려 했을 뿐인데
사과를 깎을 때
우연히 선반에 올려 둔 유리컵이 쏟아졌을 뿐인데
스웨터의 깃을 여미거나 단추를 채우려고 했을 뿐인데
그것은 생살의 생채기로 일어난다
창문을 열면 노랗게 물든 은행나무 잎사귀들이 묻는다

거품들

머리 위로 비행기가 날아간다
여행은 유일한 출구였으나
한 번 날아 보고 꺼지는 비눗방울

잠깐 영원 같은 순간들이 있었다
아이들은 차례로 태어나고
점점 아이들은 무게로 남았다

허기는 끼니를 건너뛰지 못하고 잠은 자꾸 몰려왔다
둘러앉아 둥근 평화를 베어 먹으며 티비를 본 적도 있다

레이스가 달린 우산을 놓고 왔어
무엇이든 깔끔하게 잘리는 칼을 두고 왔어
생각해 보니 모든 서사는 그곳에 놓고
빈 가방만 갖고 왔어

새로운 시작을 위하여 바다로 소풍을 간다
몰려온 포말이 발등을 덮는다
정강이를 타고 오른다
뜨거웠던 감정은 거품이었고 바다는 잠잠해진다

여자는 잘 마른 수숫대 같은 목소리로 중얼거린다
이제 우리의 생활은 달라질 거야

날지 못한 거품들은 빗자루 끝에서 깨진다
먼지와 냄새와 오물을 지우느라 어깨동무를 한다
구멍 속으로 사라진다

거품을 만들고 거품을 지우는 날들의 반복
저벅저벅 아이들의 발이 자란다

밤의 산책

—

손님으로 무상으로 들어와서 하룻밤 머물다 가는 곳
실내는 깜깜한 어둠
어둠을 열 수 있는 권한은 권력자인 아침에게만 있고
눈꺼풀은 공중에 매달려 있다

무슨 생각을 해야 잠이 들까?
정수리 머리카락이 **빽빽**해지는 상상
모든 주름들이 펴져 2001년 5월로 돌아가는 상상
까르르 웃다 낙엽 더미에 미끄러지는 상상

사거리에 내걸린 현수막한테 삿대질을 한다
기분이 나빠서 의자를 집어던진다
창문을 와장창 깼고
기분이 나빠서 병실 흰 벽에 욕 칠갑을 한다

내일은 또 끝없이 걸어야 하는데
기대 볼 의자 하나 없는 텅 빈 들판을 가로질러야 하는데
허수아비처럼 서서 잘 수 있을까?

—

성난 전갈들이 몰려오는 밤

더욱 달아나는 잠
아침이 와도 걱정 오지 않아도 걱정

방

—

　여섯 개 탯줄을 잘라 냈다

　사각 모서리에 글쎄 긴 뿌리 한 마리

　제 몸이 제 몸을 휘감고 뒤엉켰다

　빈방, 빈집인 줄 알고 벌컥 문 열었는데

—

여름의 파편

장독대 항아리 하나가 사라졌다

엄마는 오래 울었다

이웃집 언니가 냇가에서 멀어졌다

사라진 항아리가 고개를 넘어갔다고 했다

세 겹 소심이었던 엄마는 매사에 대범해졌다

흰둥이가 까닭 없이 집을 나가고
암소가 발을 잘못 디뎠다
낭떠러지가 암소를 받아 주었다

밤의 공중전화

자정 넘어 여자는 미심쩍다

골목 한가운데 공중전화를 붙잡고
너 나랑 살 거야? 말 거야?
그것만 말해

쨍그랑 어둠이 깨졌다
읍소에 가깝던 여자의 목소리

그의 비굴은 별안간 뒤통수에 벼락으로 왔다

상처 입은 도둑고양이처럼 돌아와
질경이 이파리처럼 흐느꼈다

믿었던 밤이 산산이 흩어졌다

손톱 밑 까만 때가 벗겨지고
새로 담은 포도주가 지하창고에서 익어 갈 무렵

제4부

늦게 온 사춘기

덜컥, 문이 잠긴다
건널 수 없는 강의 범람

어둠은 짙어지고 모든 불들은 꺼졌다
지금쯤 죽었을지도 몰라
애인을 데려와 껴안고 잠이 들었을지도
방 안 가득 연탄 화덕을 피워 놓고 기나긴 잠을 자고 있
을지도
지난밤 제 무게보다 큰 가방을 끌고
사이프러스 섬으로 떠났을지도

그의 방문 앞에서 나는 손을 잃는다
지난밤 어쩌면 긴 유서를 썼을 것이다
머리카락을 죄다 뽑아 제 어미의 수의를 짰을까

방에 수천 개 반짝이는 별들이 있다는 소식을 풍문으로
듣는다
머나먼 나의 애너벨리
염려와 사랑은 문밖에서만 이루어지고 오늘도 나는 발
을 멈춘다

눈에서는 뭉근한 슬픔의 냄새가 난다

— 두어 번 눈이 마주친 적이 있다
여럿이 어울려 카페에서 커피를 마신 적도 있다

모서리와 센터의 만남
허공에서만 가능했고 대각선으로 눈빛이 만난 적도 있다

눈빛은 맑고 강하고 이마는 단단했는데
앨범을 뒤적이고 단체 사진 속 그녀를 들여다보며 하루
가 신산하다

그것은 나름의 문상의 방식
가지 못해 더 오래 머무는 만남

한 줌의 슬픔이 구르는 눈사람처럼 커진다

눈 위에 또 눈 내린다
발에 묻은 슬픔은 들어오면서 이미 녹는다
녹아 흐르는 슬픔으로 현관이 흥건할 때

— 혹시 아버님 기일을 깜박한 건 아니죠?

오후 일곱 시에 배달된 문자

먼 죽음이 가까운 죽음을 덮는다
가까운 죽음이 먼 죽음의 풍경을 편집한다

창문 밖 소나무 위에 뭉텅이 눈이 기우뚱 쏟아진다
비가 직선이라면 눈은 에둘러 말하는 곡선의 형식
다시 눈이 내린다

타임 리프

엄마는 2010년에 돌아가셨는데
나는 2018년 싱가포르에서 돌아가신 엄마를 만난다

씨티투어 버스를 타고 여행을 한다
엄마는 이어폰을 꽂아 주고 챙이 있는 모자를 씌워 주고
소리는 잘 들려?
한국어 안내 방송은 어때?

무슨 생각해?
나는 의자에 앉아 있는데 도시의 거리를 구경 중인데
잘 놀고 있어?
엄마는 내내 나를 향해 질문 중이다

돌아가신 엄마는 호텔 프런트에 전화를 해서
*We don't need to clean the room but give us new
towel please*
엄마는 언제 나 모르게 영어 공부를 했는지

나는 말동무가 필요해서 결혼했는데
그 사람은 TV 속 웃음을 많이 보려고 연신 채널을 돌

려요
　그녀들의 수다로 집안은 24시간 와글거려요

쯧쯧 내 새끼,
엄마는 카페 PS에 쏟아지는 오후의 햇살처럼
오래도록 등을 토닥인다

엄마는 2010년 7월 여름비 내리는 날
슬그머니 손 놓고 꿈도 없이 떠났는데
환영한다 내 딸, 피켓을 들고 이국의 공항에 서 있다

　채식주의자 나의 어머니 채영임 여사 지금은 안녕하신
지?
　잘 놀고 있는지?
　라넌큘러스 한 다발 들고 당신에게 간다

물의 감정들

양수

세상에 나가기 싫어

학교에 가야 하고

원하지 않은 악기를 배워야 하고

현아는 경희는 소영이는 어쩌고저쩌고

다 듣기 싫어, 귀에 피가 날 것 같애

나는 양수 안에서 늙기로 했어

추수 끝난 들판의 낱알처럼 빼빼 마르기로 했어

눈물

마침내 의사는 배를 가르고 태아를 꺼내 놓았어

아이는 인큐베이터 안에 있고

병실 스피커에서 끝없이 흘러나오는 바다

그리운 바다 성산포

파도는 철썩이고 얼굴은 물을 만난 고기처럼 번들거렸

어

바다는 먼 곳까지 흘러와서 손을 꺼내 젖은 등을 토닥였

지만

수량은 불어나기만 했어

럼주

집에 남은 늙은 수탉은 럼주를 홀짝이며
인생은 지금이야
별안간 주어진 시간과 공간을 만지작거리며
아모르파티를 틀어 놓고 몸을 흔들어 댔어

눈

눈물의 정점에는 받지 못한 장미꽃 백 송이와 케이크
상자
병원 로비 성모마리아는 누굴 위해 두 손을 모았을까
줄기를 잃어버린 흰 꽃송이들
폭죽처럼 터지면서 창가로 달려오던 겨울 꽃들

●그리운 바다 성산포: 이생진의 시 제목.

사선의 풍경들

바다가 천 마리쯤 펄떡이는 청어를 부려 놓을 때
새벽마다 신혼의 방을 기웃거리던
방 안 쓰레기통을 비우러 오던
연적이었던 당신을 만났어요

쓱쓱 사선의 칼집을 내어 청어를 굽던
당신의 작고 단호한 손
나는 가시를 탓하며 청어 접시를 밀어냈어요

청어가 무슨 잘못이 있겠어요?
괜찮아요, 는 완곡하지만
얼마나 힘센 밀어내기인지

서로 밀어내며 사선으로 내리는 눈발 아래
바다가 한 소쿠리 청어를 헐값에 부려 놓을 때
비로소 당신도 나처럼 입 다문 저녁이었다는 것을
홀로 눈발 흩날리는 발등이었다는 것을

사선의 칼집에 대해
살을 감싸고 있는 수많은 가시에 대해

가시를 오래 씹던 당신의 침묵에 대해
비로소 끄덕이네요

사투를 벌이며 엎치락뒤치락 떨어지는 눈발들
사선의 끝에서
함께 젖고 함께 미끄러지는 풍경
서로에게 스며드는 것을 바라보네요

그리하여 내가 당신을 위해 청어를 굽다니
어느덧 모자 속에 정수리를 숨기는 겨울이네요

통 속에 누워

민소매에서 털장갑으로 계절이 건너뛸 때
잃어버린 유년의 꽈리는 뇌 속에서 발견되었다
그리하여 정기적으로 꽈리의 안부 묻는다

"하늘을 우러러 한 점 부끄럼 없기를
잎새에 이는 바람에도 나는 괴로워했다……"
윤동주의 서시를 읽고 또 읽는다
반복해서 같은 시를 읽느라 얼마나 지루했던지
시 몇 편쯤 외워 두지 못한 것을 자책하느라 시간은 조
금 더 흘러간다

커다란 통 속에 들어가 손도 발도 묶이고
흰 가운을 입고 누워 있으면
비혼을 주장하면서 아침에 혼자 못 일어나는
건드리기만 하면 날아오를
벌집 속 와글와글 벌들이 떠오른다
해 지고 노인정에서 돌아온 어머니는 왜 굳이 손빨래를
했을까
만류해도 소용없는 일
뛰어다니는, 밀려오는 바이러스처럼 물은 콸콸 쏟아졌고

어머니의 손빨래는 명상의 한 방법

침을 삼키는 것도 멈추고 밑도 끝도 없는 기도를 한다
내일모레면 부처님 오시는 날
가운을 벗고 문을 나가면 이름을 적고 연등을 달아야지
두려울 때는 먼 곳을 본다
서랍 속 까마득한 이국의 동전들
줄을 서서 사 먹었던 에그타르트
고막을 찢는 절규로도 멈출 수 없는 매미 울음소리

논의 중일 때

처음에 그것은 잘 익은 살구 세 알이었거나
익은 호박고구마 몇 토막이었을 것이다

역무실 안에는 제복을 입은 역무원 세 명이 선 채로 뭔가
논의 중이다
무심한 승객들의 발길에 그것은 소리 없이 세포분열을
한다
긴 에스컬레이터의 거칠고 깊은 주름들은 유독 두드러
진다
발 달린 것들은 못 가는 곳이 없으니

화면을 보며 세상과 바쁘게 소통 중인 사람들
바닥을 보지 않고 걸었고 후각을 상실한 지 오래
걸음걸음이 적나라하다

열차에서 내린 사람들은 연이어 쏟아져 나오고
논의 중인 순간에도 발자국 위에 또 발자국

그렇게 누군가 붙잡지 못한 것들은 경계를 잃었고
진원지, 걸어가면서 배설물을 흘린 사람은 간 곳이 없다

냄새로 펄럭이는 지하 역사

퇴근길은 장렬했고 사람들은 더없이 유순하다

지금도 누군가는 라디오를 듣는다

kong을 깔았다
더 이상 고립은 없다
'재클린의 눈물'을 닦다가 몽고메리를 읽고
'감자 먹는 사람들'과 금색에 대해 끄덕인다

radio ga ga radio gu gu
거드는 손 하나 혹은 천군만마
얼마든지 걸을 수 있다
주머니 속에 추억 속에 나는 너랑 어깨를 나란히 하고

양면 그릴 아래 시궁창은 좀 더 빨리 치워지고
먹다 남은 반찬들은 냄새를 피우기 전에 버려진다
달력 속 뜨거운 해변의 여자는 반라의 몸으로 새해의
시작처럼 내걸린다

카페 이름이 'ps'라니?
한달음에 국경을 넘고
별안간 펼쳐지는 밤의 페이지들
가 보지 못한 나라들이 속속 배달된다

오늘부터 1일 나의 사랑은 지금 막 시작되었고

아침이면 게으른 눈꺼풀이 깃털을 단다

성공한 사람의 이야기는 실패한 사람의 이야기보다 오
래 아프다

오렌지주스를 반반씩 섞어 마셨다는

간장에 밥 비벼 먹고 자랐다는

앞으로 나아가는 사람들을 만난다

귀가 팔랑팔랑 열린다

너는 나의 노동요, 무한 반복을 새롭게 재생하는

천공기

두통은 오후를 침묵 쪽으로 밀었다
오늘 나는 일 년치 전표에 구멍을 뚫는다

그것은 본래 감정 없는 쇳덩이여서
표정에는 피가 돌지 않아
쓱 지나갈 뿐
나도 덩달아 웃음을 지운다

꽃을 노래했던 시절은 애송이의 사랑
키 작은 아이가 시소를 끌어 내릴 때처럼
두 팔을 활짝 올려 널판을 누른다
명치까지 전해 오는 힘줄의 저항

오늘 나의 벗들은 펀치나 스테이플러 혹은 제침기
끝없이 흰 종이들을 뽑아서 남의 항문을 닦는 일
미농지 같은 파티션이라도 하나 설치해야 한다
최소한 거웃이라도 숨겨야 한다

찍어 누르는 침묵은 정리정돈의 명수
말들은 전표들 속으로 숨어들고

대신 우겨 주기
대신 거짓말하기
대신 싸워 주기
눈은 반의반, 접고 접어서 바늘귀만큼 뜬다

열린 결말

오늘은 나의 결혼식
머리를 손질하고 신부 화장을 하러 미용실에 간다
예약한 여자 원장은 외출하고
미용사는 파파 할아버지

손은 느리고 마음은 더 느려서
예정된 시간을 훌쩍 넘긴다
기초만 발라 주고 신부 화장 끝이란다

이건 말도 안 돼
그럼에도 서둘러 예식장에 가야 하는데

신랑 얼굴이 생각나지 않는다
예식장 위치는 또 어디인지
날지 못하고 푸드덕거리는 한 마리 새
팔려 가기 위해 발이 묶인 암탉처럼
미용실 의자에 묶인다

신랑이 누구인지?
예식장은 어디더라?

슬그머니 놓을 수 없는 것들
꿈은 계속되어야 한다

아이들은 태어나려다 돌아갔다

─

그리고 다시 오지 않는다

언제나 옳고 명징했던 당신의 이별들
파경이 파경을 알뿌리처럼 끌고 나온다

옷장과 이부자리와 오래된 라디오
아침까지 불을 켰던 가스레인지와 압력밥솥
시침 떼고 먼저 나가서 채근하는 사물의 표정들

물색 모르고 다정한 가을 오후의 햇살
멀어지며 손 흔들던 망초꽃들은 잠시 눈가를 훔친다

아프면 버림받아요
나만의 노래를 불러야 해요
희미하게 웃을 수 있었던 당신
맥락 없이 주고받던 말들의 페달

가파른 계단은
내장된 불을 이기지 못하고 폭발했다
위장이 너덜거리고

몸의 교각이 부러졌다

잘라 내고 들어내는 아픔으로 짧은 명을 잇대는 중
침상에 기대어 혀를 끌끌 차는 한 무더기 구름

외로움이 고통을 불러내고
통증이 슬픔을 데려와 나란히 눕는다

양귀비꽃밭을 찾아가는 중입니다

붉은 접시꽃을
저희끼리 마을을 이루고 있는 돌무덤을
초록이 짙어 가는 자귀나무를 지나친다
무리 지어 피어 있는 산비탈 금개국꽃을
멀쩡하게 서서 죽은 은행나무를
봉분에 뿌리박고 자라는 느티나무를 지난다
가뭄으로 쩍쩍 갈라지는 농부의 마음을 모른 척한다
흙먼지가 일제히 따라붙는 길
달리고, 달린다
환한 그녀들이 어디에 있는지 혹시 봤을까요?
목이 길고 가녀린 그녀들이 군락을 이루고 산다는
지금이 딱 절정이라는 그곳을 찾아 맹렬하게
누드 비치를 찾아가는 젊은 사내들처럼
끼니를 놓치고
집으로 돌아가야 할 기차를 놓치고
나라를 위해 몸 바친 조상의 기일을 놓친다
결국 대수롭지 않은 문장 몇 줄 건지려고 수많은 시간
을 지나쳐 왔다
해가 진다 서쪽 하늘에 양귀비꽃보다 붉은 석양이 뜬다

구근들

뿌리는 깜깜한 어둠 속으로 혀를 내밀었다
10센티 30센티 50센티
최대한 숨죽여 주먹을 꽉 쥐고
아래로 아래로 온몸을 밀어 넣었다

한여름의 배반과 패배를 이겨 내고 빚어진 시간의 덕목들
흡사 수류탄 같다

대지의 안과 밖이 자리를 바꾸어야 비로소 만날 수 있다
채굴은 두근두근 조심스럽다
자칫 호미 날이 허벅지나 정강이를 가격할 수도 있으니
엎드려 다독이며 붕대라도 감아 주어야 할까

유독 깊은 어둠을 견뎌 온 그것들은
떨어진 잎사귀들이 제 몸을 구부려서 말 때
어제와 오늘이 쌍둥이처럼 도착할 때

맨몸으로 온다
그것들은 손끝에서 벌써 달다

봄날의 이별

―

깍지벌레가 해피트리를 먹는다
끈적해지는 이파리들
구 층 베란다에는 한 번도 비가 내린 적 없고

사방에 꽃들이 앞다투어 필 때
병든 해피트리를 처단하기로

잔가지와 잎을 자를 때
손에 묻는 흰 즙액은 나무의 비명이다

일 미터가 넘는 뼈대가 부각된다
숲은 멀다
잔가지가 있던 자리마다 성이 나서 뾰족하다

떠오른 묘책은 목화 솜이불
따가운 외피는 벗어 버리고
따뜻하고 행복하게 잘 살아라
어머니의 말 없는 기도가 베인 그것

―   단대동 태평동 만수동 신수동 송정동 효성동 구운동 화

서동 서현동 상도동
　얼마나 많은 골목과 계단의 밤을 수놓았던가
　피붙이 같았던 그것

　거실 바닥에 펴고 뼈대만 남은 해피트리를 둘둘 만다
　대형 종량제 봉투에 넣는다

　해피트리가 어머니의 오랜 기도를 먹었다
　해피트리여 안녕
　목화밭을 가꾸던 전설 같은 두 손 굿바이

풍향동에 두고 온 책상

딱 그만큼의 영역
그만큼의 자유
그만큼의 은신처

광활한 우주를 덮고
깨알처럼 작아지기도 하고
울기도 하고 잠들기도 했던 기숙의 날들
열정을 많이 묻히지는 못했다

그것은 나의 스무 살
가까스로 일어서던
눈물을 참던 봄날의 이별

꼭 찾으러 올게
조금만 기다려 줘

그러나 접어 둔 일기장처럼
잃어버린 교지처럼
두고 온 책상은 까마득히 잊고
바람은 언제 잠잠해질까

내일은 무겁게 내려앉은 구름이 걷히기나 할까
일곱 장 열 장 백 장의 흰 셔츠를 다리미질하고

오른쪽 다리 곁 주르륵 서랍이 세 개 달린
반짝반짝 헤엄치는 은빛의 철제
온전히 내 것이었던

그런데 왜 까마득히 잊어버렸을까
제일 먼저 말을 들어 주고 받아 주던
내 처음의 그것

그날의 공기는 식탁 위에 떨어지는 단풍잎

—

유리 벽을 사이에 두고 흰 마스크로 만난다

당신은 내용물을 도난당한 여행용 캐리어
바퀴는 잘도 굴러간다

유리 벽은 잠시 따뜻해진다
당신의 왼손과 나의 오른손이 마주 보고 유리 벽에 얼룩
을 남긴다

당신은 통화 중에도 냉장고 문짝을 닦고
친구를 불러 놓고 창틀을 닦고
아무튼 얼룩을 지우는 선수였는데

덜컹거리는 통증을 굴리며 너무 멀리 갔다
휠체어 바퀴를 몇 번 굴리면 물결 일렁이는 강

밥 주고 옷 주고 이따금 눈물도 주고
잠은 너무 거만해서 오지 않는다

—

유리 벽을 증인처럼 세워 두고 주고받는 말들은 튕겨져

나간 씨앗들의 껍질
껍질이 손 흔들며 바퀴를 굴린다

미미의 머플러를 짜던 손
냄비는 언제나 새것처럼 반짝였는데

당신은 그곳에서 나는 이곳에서 축배를 든다
테이블은 강의 풍경을 팔아 성업 중이고 슬픔은 바삭
하다

모순으로 만들어진 삶의 평범함

남승원(문학평론가)

박홍점 시인의 세 번째 시집 『언제나 언니』를 독자로서 이해하는 일은 그리 어렵지 않다. 때로 몇 번씩 거듭 읽어야 하는 시집도 있다면, 그의 작품들은 비교적 쉽게 다가온다. 하지만 그렇게 읽고 지나간 작품들에 담겨 있는 장면들은 끈덕지게 살아남아 우리의 마음을 붙들어 자꾸만 돌려세운다. 그 이유는 시인이 가지고 있는 과거의 시간들에 대한 추억의 시선이나 또는 작품에 담겨 있는 일상적 모습들과 무관하지 않다. 그런데 조금 더 생각해 보면 평범한 삶의 모습에 대한 회상에 누구나 쉽게 공감할 수 있게 되는 일은 이해가 되지 않는 측면도 있다. 멀리서 보면 누구나 비슷비슷한 시간을 보내고 있는 것처럼 보일 수도 있겠지만, 사람들의 실제 일상은 저마다의 사연을 품고 있기 때문이다. 일상에서의 단 한 장면도 다른 사람들에게는 납득

시킬 수 없을 만큼 그 자세한 면면들은 완전히 다른 개별적 삶일 수밖에 없다. 일상적 삶의 모습에 대한 공감이라는 말은 어쩌면 곧 그만큼의 무책임을 의미한다고도 말할 수 있을 것이다.

그럼에도 『언제나 언니』의 작품들이 보여 주는 삶의 모습들에 독자들은 기꺼이 마음을 열고 공감의 경험을 하게 될 것이 분명하다. 이 불가능해 보이는 가능성을 이해해 보기 위해서라면 다음의 작품을 놓칠 수 없다.

양수

세상에 나가기 싫어

학교에 가야 하고

원하지 않은 악기를 배워야 하고

현아는 경희는 소영이는 어쩌고저쩌고

다 듣기 싫어, 귀에 피가 날 것 같애

나는 양수 안에서 늙기로 했어

추수 끝난 들판의 낱알처럼 빼빼 마르기로 했어

눈물

마침내 의사는 배를 가르고 태아를 꺼내 놓았어

아이는 인큐베이터 안에 있고

병실 스피커에서 끝없이 흘러나오는 바다

그리운 바다 성산포

파도는 철썩이고 얼굴은 물을 만난 고기처럼 번들거렸어

바다는 먼 곳까지 흘러와서 손을 꺼내 젖은 등을 토닥였
지만
수량은 불어나기만 했어

럼주
집에 남은 늙은 수탉은 럼주를 홀짝이며
인생은 지금이야
별안간 주어진 시간과 공간을 만지작거리며
아모르파티를 틀어 놓고 몸을 흔들어 댔어

눈
눈물의 정점에는 받지 못한 장미꽃 백 송이와 케이크 상
자
병원 로비 성모마리아는 누굴 위해 두 손을 모았을까
줄기를 잃어버린 흰 꽃송이들
폭죽처럼 터지면서 창가로 달려오던 겨울 꽃들
　　　　　　　　　　　　　　　—「물의 감정들」 전문

　시간의 흐름을 따라 한 사람의 생애가 출생에서부터 죽
음과 관련된 장면에 이르기까지 나열되어 있는 이 작품의
전체적 구조를 이해하기는 어렵지 않다. 특히 각 연의 앞에
소제목처럼 표현된 '양수-눈물-럼주-눈'은 마치 생애 주기
를 따라가듯 작품을 읽어 가게 만들어 준다. 이를 통해 우
리는 각 시기별 삶의 모습들을 만나게 된다.

하지만 이 모습들이 우리가 가지고 있는 기존의 이해 범주와는 조금 다르다는 것을 이내 알 수 있다. 먼저 '양수'는 태아의 생명을 유지하고 또 동시에 원활하게 세상으로 나올 수 있도록 해 주는 데에 필수적 요소이다. 엉뚱하게도 그 안에 있는 '내'가 오히려 "양수 안에서 늙기"를 선택하기 때문이다. 이로 인해 이어지는 1연의 진술은 결국 우리에게 인생의 첫 시기라고 할 수 있는 유년 시절부터 자신이 "원하지 않은" 형태로 살아갈 수밖에 없게 만드는 삶의 모순들을 목격하게 만든다. 그것도 아직 태어나지 않은 자의 목소리를 통해서 말이다.

물론 출생의 운명을 거스르지 못하는 삶은 어떻게든 시작될 수밖에 없는데, 그 이후의 장면들을 1연에서의 '내(태아)'가 바라보는 현실의 모습과 비교해서 자세히 살펴보자면 오히려 구체성이 떨어지고 있다는 점을 알 수 있다. 그것은 태아 상태에서조차 가능했던 운명에 대한 거부가 더 이상 소용없어지고, 결국 진정한 개별적 삶을 살아간다는 것 역시 불가능하다는 시인의 인식이 반영되었기 때문인 것으로 보인다. 2연에서부터 마지막 연에 이르기까지의 시적 진술에서 느껴지는 속도감 역시 이처럼 삶을 바라보는 개별적 관점에서 벗어남으로써 가능해진 것이다.

앞에서 언급했던 것처럼 독자들을 무책임의 관성에서 벗어나게 만들면서 동시에 깊은 공감의 영역으로 이끄는 박홍점 시인의 특징은 이와 연관되어 있다. 박수근의 그림을 떠올려 보면 박홍점 시인의 이 같은 특징에 좀 더 쉽게 다가갈 수 있을 듯하다.

한국 현대미술 화가 중에 박수근은 대중에게 가장 많은 사랑을 받는 작가라고 할 수 있다. 특히 박완서와의 인연으로 그의 작품 속 인물의 실제 모델이었다는 사실은 화가의 삶과 예술 세계에 대한 이해를 보다 넓히기도 했다. 그런 박수근의 그림 세계에 대한 감상이나 특징은 이견이 없을 정도로 일치한다. 부인을 모델로 했다는 사실에서 알 수 있는 것처럼 보통의 인물들, 그리고 주변에서 흔히 볼 수 있는 풍경이나 소재 등 어쩌면 화가의 개성이 느껴지지 않을 만큼 단순하고 평범한 것들을 화폭에 담았다. 표현적인 면에서도 굵고 단순한 윤곽선을 사용하고, 명암이나 원근이 전혀 없어 전체적으로 투박한 느낌을 준다. "내가 그리는 인간상은 단순하고 다채롭지 않다. 나는 그들의 가정에 있는 평범한 할아버지, 할머니 그리고 물론 어린아이들의 이미지를 가장 즐겨 그린다."는 박수근의 잘 알려진 말처럼 그의 예술관이나 구체적인 표현 방식은 모두 지극히 평범하고 보편적인 것들에만 머물러 있다. 그런 그의 그림 앞에 서라면 누구나 자신의 삶에 대한 진지한 성찰을 기꺼이 꺼내 놓을 수 있게 되는 것이다. 바로 이 때문에 박수근의 작품들은 변함없는 생명력 속에서 우리의 삶과 더불어 기억된다고 할 수 있다.

박홍점 시인 역시 위의 작품에서 확인했던 것처럼 단순하고 보편적인 삶의 장면들을 만들어 낸다. 그것은 제목에서 지칭하고 있는 "물의 감정"이라는 표현에 드러나기도 한다. '양수'에서 시작해서 '눈물'이나 '눈' 또는 '럼주'와 같은 액체 이미지를 따라 속절없이 죽음을 향해 흘러가는 삶의 모습이 인간의 평균적 비극성을 대변하고 있는 것처럼 말이다. 이처럼 일상의 모습들로 만들어 낸 보편성 안으로 개별적 삶의 다양한 면면들을 끌어들이게 되면서 박홍점 시인의 작품들은 공감의 접점을 확장해 나간다.

시집 『언제나 언니』에 포착된 삶의 평범한 단면들은 그렇게 모이고 모여 하나의 흐름을 만들어 간다. 따라서 시집에 수록된 개별 작품에도 물론이지만, 그와 함께 각각의 작품들이 밑그림이 되어 완성해 나가는 보통 사람들의 연대기적 이야기를 주목하는 것도 반드시 필요하다. 그것은 시집에 등장하는 인물들과 마치 가족과도 같은 유대감 속에서 작품 세계를 깊이 이해할 수 있게 해 주는 중요한 지점이기 때문이다. 그리고 이와 같은 유대감의 근원에는 당연한 것처럼 '엄마'가 자리하고 있다.

떼로 몰려온 연어들
푸릇한 새싹들

영하 7도라고 말하는 순간 몰려오는 한기
미처 준비하지 못한 미소된장국
엄마는 난방을 올린다

아침 식탁에서 털조끼를 걸치고 포수가 된 엄마

언제나 엄마는 속으로 먼저 춥다

먼저 배고프고

먼저 짜고

오래 걸어 봐서 먼저 아프다

(중략)

유방이 없어도

아이를 낳은 적 없어도

밥을 차려 주는 사람은 언제나 엄마다

—「엄마의 탄생」 부분

식사 준비 중인 주방을 배경으로 하고 있는 이 작품에서 식재료인 '연어'는 그 구체적인 소재로 등장한다. 그런데 작품의 처음부터 "떼로 몰려온 연어들"이란 표현은 소재의 기능을 넘어 그 회귀 성질을 떠올리게 만든다. 이로 인해 '주방'이라는 공간을 어떤 근원의 지점으로 인식하게 되면서 독자들은 자연스럽게 하나의 의미 공간으로 이끌려 들어간다. 그렇게 시적 공간인 주방을 중심으로 '연어'와 '엄마' 간에 형성된 의미적 관계망의 확대 과정이 곧 작품의 전개와 일치하게 된다. 4연에서 누구보다도 앞서 "먼저 아프다"는 진술이 직접 제시하고 있는 것처럼 희생과 고통으로 요약될 수 있는 '엄마' 삶의 여정이 '연어'의 그것과 중첩되면서

보다 구체적으로 다가오는 이유도 여기에서 비롯한다.

이것은 생물학적 특성이나 출산 등 특정 성의 역할에 국한된 것을 의미하지 않는다. "밥을 차려 주는 사람은 언제나 엄마"라는 마지막 진술 역시 가부장제 속에서 제한된 역할의 강조가 아니라, 오히려 성의 구분과 무관한 것으로서의 '엄마'를 지칭하는 것으로 이해할 수 있다. 앞선 작품에서도 살펴봤던 것처럼 가장 평범한 우리의 일상에 저마다의 고통과 상처가 그만큼 새겨져 있다고 했을 때, 시인이 주목하는 '엄마'의 삶이란 제목에서 선명히 제시되고 있듯 그 모든 것의 출발점을 의미하는 것이다.

이 작품과 「안식일」을 나란히 놓아 보는 것도 흥미롭다. '안식일'은 신이 모든 일을 마치고 휴식을 취함으로써 생겨났지만, 박홍점 시인에게는 신의 영역과 분리되어 인간의 역사가 시작된 지점으로 인식된다. 따라서 모순된 것들이 뒤섞인 채 지속되고 있는 우리의 삶 역시 "흰 강과 검은 강"처럼 전혀 다른 성질이 만나서 시작된 "그날"의 모습에서 비롯된 것이다. 그리고 이 '안식일'의 중심에 다시 '엄마'가 호명되고 있는데, 이를 통해 시인이 삶의 기원으로서 지목하고 있는 '엄마'의 의미를 보다 선명하게 이해하게 된다.

당신과 스무 해 전에 죽은 막내딸의 사망신고는 같은 날 같은 장소에서 이루어졌으니 슬픔을 어디에 둬야 할지 몰라 어리둥절

"내 손으로 자식의 사망신고를 할 수는 없지" 단호한 침묵은 슬픔마저 전가시키고

까마득한 슬픔이 오래된 이름을 불러낸다 유종의 미를 거두라고 종미, 저 깊이 넣어 둔, 지난 생의 일처럼 아득한 이름 너의 꽃신과 하늘색 원피스를 매만지며 우리는 다시 운다 직무 유기의 이면에는 늘 당신의 셈법이 있다
                                    ─「우리는 늘 이별이다」부분

엄마는 2010년에 돌아가셨는데
나는 2018년 싱가포르에서 돌아가신 엄마를 만난다

씨티투어 버스를 타고 여행을 한다
엄마는 이어폰을 꽂아 주고 챙이 있는 모자를 씌워 주고
소리는 잘 들려?
한국어 안내 방송은 어때?
                                    ─「타임 리프」부분

'엄마'가 인간 역사의 기원에 자리하고 있다는 것은 출산과 돌봄으로 이어지는 오랜 역사적 사실들과 결부되어 있다. 하지만 시인이 주목하고 있는 '엄마'의 의미는 그와 같은 구체적 행위는 물론이고 시공간을 초월하는 존재이기도 하다. 개인적인 차원의 경험이 깊이 반영되어 있는 위의 두 작품을 살펴보자.

「우리는 늘 이별이다」에서 '당신'은 '막내딸'을 잃었음에
도 불구하고 끝내 그 죽음을 받아들이지 않는다. '당신'을
세상에 존재하는 모든 슬픔의 근원이라고 했을 때조차 그
것은 오히려 삶의 지속성과 깊이 연관되어 있기 때문이다.
따라서 '당신'은 '등기'나 '사망신고'처럼 사회적 제도로 만들
어진 기록의 주체가 되기를 거부하는 것이다. 「타임 리프」
에서도 마찬가지이다. 해외로 여행을 가게 된 '나'는 그곳에
서 8년 전에 "돌아가신 엄마를 만난다". 그렇게 만난 '엄마'
는 '나'의 여행이 원활해질 수 있도록 끝없는 도움을 준다.
"챙이 있는 모자를 씌워 주"거나 "호텔 프런트에 전화를 해
서" 필요한 것을 준비해 주는 등의 보살핌으로 인해 '나'는
낯선 공간 속에서도 평범하고 안전한 일상을 유지할 수 있
게 된다.

살펴본 것처럼 박홍점 시인이 그리고 있는 '엄마'는 인간
에게 필연적인 죽음이라는 사건을 유예시키거나, 또는 현
재를 살아가는 '나'의 삶과 끝없이 연결되는 방식으로 죽음
을 초월해서 존재한다. 이와 같은 존재와 관련해서 바르트
는 근친의 죽음 이후에 겪는 슬픔 속에서 이제야 '추상'을
이해할 수 있게 되었다고 기록을 남긴 적이 있다. 어머니의
부재에도 불구하고 자신이 분명하게 느끼는 고통과 또 같
은 크기의 사랑을 통해서 말이다. 바르트가 느낀 고통과 사
랑은 결국 죽음으로 인해 부재하는 대상을 현실 속에서 변
함없이 그대로 감각할 수 있는 방법이기도 하다. 박홍점 시
인 역시 이와 동일한 방식으로 '부재하는 어머니'에 집중하

면서 고통과 함께 유지되는 우리 삶의 일상적 모습들을 그
려 나가고 있는 것으로 이해할 수 있다.

　　　그는 언제나 집안의 홍 반장
　　　동생이 여섯

　　　베틀에 앉아 뚝딱뚝딱 베를 짜고
　　　동생들 머리를 감겨 주고 묶어 주고
　　　아모레 화장품 가방을 들고 골골이 찾아다닐 때
　　　그의 어깨는 오른쪽으로 기울고

　　　오만 원짜리 지폐를 택시 창밖으로 내던지고
　　　어린 조카 미미의 집 커튼을 달고

　　　사계절이 있듯 사랑은 움직이는 거야
　　　네 번의 쉼표와 네 번의 마침표
　　　그는 과연 누굴 사랑했을까
　　　미끈한 다리로 미니스커트를 입고
　　　용두산 엘레지를 익숙하게 부르고

　　　그는 언제나 집안의 홍 반장
　　　사랑하는 조카가 열여섯
　　　이제는 돌아와 6인실 요양병원 침상에 누웠다

집안의 역사였던 그가 창밖 단풍나무 쪽으로 돌아눕는다
가을비는 연거푸 한낮의 길을 지우고
앞차의 전조등을 지운다

　　　　　　　　　　　　　　　—「언제나 언니」 전문

　일상적 삶의 모습에 대한 박홍점 시인의 관심이 결국 기
원으로서의 '엄마'에 주목하게 만들었다고 한다면, 그것은
다시 시인에게 구체적인 삶의 현장을 떠나지 못하게 만드
는 원인이 된다. 이와 같은 시인의 특징은 지나간 역사적
시간의 공통적 상황을 배경으로 하면서도 그 세월을 헤쳐
나가는 개인의 이야기에 초점을 두는 방식을 통해 두드러
진다.「언제나 언니」가 그 대표적인 작품이라고 할 수 있다.
　주인공은 "집안의 홍 반장"이라는 평가를 받고 있는 '그'
이다. "홍 반장"은 한 영화에 등장한 인물을 부르던 이름으
로 지금은 잘 알려진 것처럼 도움이 필요한 사람이라면 누
구에게나 절실한 존재를 상징하게 되었다. 그런데 제목에
드러나 있는 것처럼 이 작품에서 그 인물은 서술자의 '언니'
라는 것을 알 수 있다. 누군가의 '언니'가 그런 존재가 될 수
있다는 사실이 의외의 일은 아니다. 다만 여기에서는 과거
방문판매 방식으로 물건을 팔던 여성 노동자를 대표하는
"아모레 화장품 가방"과 같은 단어를 통해 산업화 시대가
그 구체적인 배경으로 설정되어 있다는 것을 알 수 있다.
　그런데 수십 년이 지난 지금 당시를 떠올리는 최근의 방
식들은 과거의 시간에 대한 태도가 으레 그렇듯 추억 어린

회상 일색이다. 그 시대를 상징하는 중심지였던 '구로 공단'이 지금은 '디지털단지'라는 이름으로 바뀌어 버린 것처럼, 과거의 시간은 이른바 레트로의 열풍 속에서 상업화의 기준으로만 선택당한다. 이어서 역사적 맥락은 소거된 채 다양한 매체들 속에서 오락의 대상으로 소비되기에 이른다. 하지만 조금만 주의를 기울인다면 우리의 '산업화'란 노동자들의 고통과 고용주들이 그들을 저임금으로 착취하면서 발생한 이윤 독점 구조의 또 다른 표현이라는 사실을 알 수 있다.

"동생이 여섯"에서 "사랑하는 조카가 열여섯"이 될 때까지의 시간을 "홍 반장"으로 살아온 '그'의 삶은 이와 같은 시대적 흐름과 정확히 일치한다. 특히 당시 핵심 수출 주도 산업이었던 섬유와 봉제산업에 종사하는 노동자들의 대다수가 여성이었음에도 여성 노동자, 이른바 '여공'은 한 번도 역사의 중심으로 호명되지 못했다. 이 같은 사실을 감안해 본다면 '그'의 삶에 대해 주목하고 있는 작품의 진술들은 지나간 시간을 들추어 여성 노동자에게 마땅히 주어졌어야 할 자리를 되돌려주는 의미를 갖는다. 개인이 살아온 삶의 모습을 "집안의 역사"로 인식할 수밖에 없는 사실도 바로 여기에서 비롯한다.

이 같은 세세한 기억의 복원은 산업화 시대 신발산업의 중심지였던 "부산시 당감동"을 배경으로 한 「경화」에서도 이루어진다. 「경화」에서 서술자는 "방학이라 놀러" 온 부산에서 어린 시절 고향 친구였던 '경화'를 만난다. 자신도 고향을 떠나오면서 소식이 끊겼다가 우연히 재회한 친구는 "길 끝 쪽방에서" 살면서 "신발공장"에 다니고 있다는 사실을 "망설임" 없이 그대로 이야기한다. 하지만 '경화'의 태도가 자신의 삶에 대한 자신감에서 비롯된 것이 아니라는 것은, 이 둘의 만남이 한 번에 그치고 말았다는 데에서 미루어 짐작하기에 충분하다. 서술자는 이 우연한 만남에 대한 기억과 진술을 통해 '여공'으로만 존재했던 복수의 인물들에게 '경화'라는 구체적 이름을 부여한다. 그리고 "계주 선수"처럼 매 순간 전력을 다해 살아갔던 노동자들에 대한 시인의 주목은 바로 그 노동하는 삶의 모습에 내재한 가치들을 다시 한번 선명하게 만들어 준다.

평범하고 보편적인 것들에 대한 박홍점 시인의 관심은 곧 개별적이고 구체적인 사실들을 끌어들이는 힘이기도 하다. 모순적으로도 여겨지는 그의 이 같은 특징의 중심에는 『언제나 언니』를 읽은 독자들이라면 쉽게 동의할 수 있는 것처럼 가족 서사가 자리하고 있다. 그것은 먼저 '가족' 자체가 가지고 있는 의미와 연관되어 있다. 가족은 사회를 유지하는 근간으로 사회체제와 직접적으로 맞닿아 있는 영역이다. 따라서 우리 개인은 누구나 가족이라는 제도를 통해 사회와 만나게 된다. 반면에 가족 구성원의 관계는 언제나 가장 사적인 차원에서 시작되고 유지되는데, 바로 이와 같은 모순적 상황이 '가족' 안에 내재되어 있는 셈이다.

그렇게 가족의 구성원으로 "거품을 만들고 거품을 지우는 날들의 반복"처럼 살아가면서 시인은 결국 세상 모든 것들의 근원으로서 '엄마'를 발견하기도 하고, "날지 못한 거품들"의 삶을 보다 선명하게 만들기도 한다(「거품들」). 「안녕이라고 말하면 꽃이 필까?」를 비롯해서 「일요일」이나 「커피 공장이 있던 동네」 등에서 사라져 버린 것들이 남긴 흔적에 집중하고 있는 것을 시집의 처음부터 분명하게 보여 주고 있는 것도 같은 차원에서 이해해 볼 수 있다. 가령 「눈사람」에서 확인할 수 있는 것처럼 시인의 시선은 지금의 '눈사람'이 놓여 있는 곳에서 "호랑가시나무가 있던 자리"나 "수국이 피던 자리"를 복원하고 있기 때문이다. 하지만 박홍점 시인이 복원하는 삶의 모습이 자본주의적 기준의 선택과 다르다고 했을 때, 그것이 마냥 행복할 것이라는 기대와는 관련이 없다. 그가 보여 주는 모습들을 따라 우리 역시 때로는 추억의 방식으로 지난 삶의 모습들을 떠올려 볼 수도 있겠지만, 그가 바라보는 것은 언제나 슬픔이나 고통과 함께 지속되는 인간 삶의 모순적 상황 그 자체이다. 이와 같은 삶의 모순들이야말로 우리가 가진 유일한 유산이다.